교과서 속
# 세계 명작

피터 팬

교과서 속
# 세계 명작
## 피터 팬

**1판 1쇄** 2014년 5월 10일
**1판 2쇄** 2016년 12월 15일

**원작** 제임스 매튜 배리
**글** 책글놀이
**그림** 윤나누

**펴낸이** 조영진
**펴낸곳** 고래가숨쉬는도서관
**출판등록** 제406-2012-000082호
**주소** 경기도 파주시 회동길 329(서패동) 2층
**전화** 031-955-9680    **팩스** 031-955-9682
**이메일** goraebook@naver.com

ISBN 978-89-97165-68-1 64800
ISBN 978-89-97165-60-5 64800(세트)

교과서 속
# 세계 명작

## 피터 팬

원작 제임스 매튜 배리
글 책글놀이  그림 윤나누

고래가 숨쉬는
도서관

책 읽는 것은 재밌는데 독후감 쓰기는 싫은 친구는 없나요? 분명 있을 거예요. 그런데 어른들은 책을 읽고 나면 꼭 느낌을 물어보고, 독후감 쓰기를 강요하지요. 왜 그러냐고요? 독서만큼이나 '쓰기'도 중요하거든요. 쓰기는 반드시 훈련이 필요하답니다. 아무리 책을 많이 읽어도, 말을 잘 해도, 쓰기 훈련이 되어 있지 않으면 마음 먹은 대로 글을 쓸 수가 없어요. 이제부터 차근차근 독후감 쓰기 연습을 해 보아요.

### ■ 독서 전 활동 두근두근, 어떤 이야기가 펼쳐질까?

예를 들어 오늘 읽을 책으로 '레 미제라블'을 고른다면 무슨 생각부터 할까요? '레 미제라블'이 도대체 무슨 뜻일까, 지은이는 누구일까, 어떤 이야기일까, 이것저것 궁금하지 않을까요? 그래요. 책 읽기는 이러한 궁금증부터 시작한답니다. 그런 뒤 다음의 활동들이 따라요.
- 책 제목과 표지 그림을 보고 어떤 이야기가 펼쳐질지 상상해 보아요.
- 책 표지와 뒤표지에 있는 글을 읽은 다음, 차례도 순서대로 읽어 보아요.
- 책을 펼쳐 그림만 쭉 보면서 책 내용을 상상해 보아요.

**엄마 가이드** 글을 잘 쓰기 위한 가장 중요한 비법은 무엇일까요? 막상 책을 덮고 글을 쓰려고 하면 아무런 생각도 나지 않은 경험이 있지요? 우리 어린이들도 마찬가지랍니다. 따라서 다양한 방법으로 독서 전에 흥미와 관심을 유발시켜 주세요. 과학책이나 역사책 등 지식 정보 책을 읽기 싫어하면 관심 있는 주제부터 먼저 읽도록 권해 주세요.

### ■ 독서 중 활동 재밌는 곳은 포스트잇을 빵빵!

책을 읽다가 재미난 장면이나 감동 깊은 장면이 있다면 포스트잇을 빵 붙여요. 중요한 장면에도 포스트잇을 빵 붙여요. 한 번 읽었다고 해서 휙 던져 버릴 것이 아니라 이렇게 저렇게 훑어보고 이야기를 하다 보면 자연스럽게 느낀 점도 말하기 쉽고 글감도 형성된답니다.
- 재미있는 장면이나 중요한 장면이 나올 때마다 포스트잇을 붙여요.

- 두 번째 읽을 때는 포스트잇이 붙어 있는 부분만 골라서 내용을 엮어 보아요.
- 그중 인상 깊은 장면을 세 가지 정도 골라 보아요.
- 감동을 받거나 새롭게 알게 된 사실 등은 다른 색깔로 포스트잇을 붙여요.

■ 독서 후 활동 **다양한 활동으로 기억 남기기**

- 명장면을 따라 그려요.
- 순서대로 중요 장면을 몇 장면 정해서 그리거나 글로 써 보아요.
- 등장인물을 그림으로 그리고 소개해요(옷, 신분, 나이, 대사 등).
- 마음에 드는 구절을 옮겨 써 보고, 내 생각도 덧붙여 보아요.
- 주인공에게 위로의 편지를 써 보아요.
- 다른 사람에게 읽은 책을 추천하고 그 이유도 세 가지 정도 써 보아요.
- 마인드 맵으로 이야기의 소재나 주제를 소개해요.
- 상상력을 펼쳐 뒷이야기를 써 보아요.
- 주인공을 내 이름으로 바꿔 새로운 이야기를 엮어 보아요.
- 주인공이나 줄거리, 배경 등이 비슷한 책을 함께 소개해요.

■ 세계 명작을 읽으며 글쓰기 실력 쑥쑥 늘려요!

오랜 시간 동안 세계 여러 나라 사람들에게 사랑받아 온 세계 명작에는 시대와 나라를 뛰어넘는 인류의 보편적 가치관과 철학이 담겨 있어요. 우리 조상들의 지혜가 담겨 있는 우리고전과 마찬가지로 세계 명작을 통해 우리 어린이들은 어려움을 이겨 내는 용기와 서로 돕는 아름다운 마음씨, 다른 사람에 대한 배려와 예의 등을 자연스럽게 익힐 수 있지요. 세계 명작 속 등장인물이 되어 이야기를 따라가다 보면 읽는 즐거움은 물론 집중력과 상상력까지 길러 준답니다. 세계 명작의 줄거리를 파악하고, 그 안에 담긴 주제의식이나 우리와는 다른 여러 나라의 생활과 풍습, 문화 등에 대해 생각해 보고 독후감 쓰기를 하다 보면 글쓰기 실력도 쑥쑥 늘어날 거예요.

# 차례

# 피터 팬

## 달링 씨네 가족

달링 부부는 14번지에 살았어요. 낭만적이고 사랑스러운 달링 부인과 달링 씨가 결혼하고 나서, 얼마 뒤 웬디, 존, 마이클이 차례로 태어났어요.

달링 부부는 살림이 좀 빠듯해서 개 나나를 보모로 두었어요. 달링 씨는 개를 보모로 둔 점이 늘 마음에 걸렸지만 나나는 생각보다 유능했어요. 아이들을 늘 깨끗이 씻겼고, 세 아이 중 누가 밤에 깨기라도 하면 벌떡 일어나 돌봤어요. 나나는 어떤 기침을 그대로 두면 안 되는지, 언제 목에 손수건을 둘러 줘야 하는지도 알았어요. 정말 믿음직한 보모였지요.

나나가 아이들을 재우면 달링 부인은 아이들이 잘 자는지 보러 왔어요. 그리고 훌륭한 엄마들이 다 그렇듯이 자고 있는 아이들의 머릿속을 들여다보고 어질러진 부분을 정리해 주었어요. 아침이 되어 일어났을 때 늘 상쾌한 것은 엄마가 밤에 머릿속을 정리해 주었기 때문이에요.

어느 날 달링 부인은 아이들의 머릿속을 정리하다 피터를 발견했어요. 달링 부인은 피터가 누구인지 몰랐지만 존과 마이클의 머릿속 여기저기에서 튀어나왔고, 웬디의 머릿속은 피터로 가득 차 있었어요. 달링 부인은 웬디에게 피터에 대해 물었어요.

"그 아이는 피터 팬이에요. 엄마도 알잖아요?"

달링 부인은 요정과 함께 산다는 피터 팬이 떠올랐어요. 어렸을 때에는 달링 부인도 피터 팬 이야기를 믿었지만 어른이 되니 기억이 희미해졌어요.

"피터 팬은 지금쯤 어른이 되었을 텐데……."

웬디는 손을 저으며 큰 소리로 말했어요.

"아니에요. 피터는 어른이 되지 않아요!"

어느 날 달링 부인은 아이들 곁에서 바느질을 하다가 잠이 들었어요. 그때 창문이 스르르 열리고 한 소년이 들어왔어요. 소년 옆에는 작은 불빛이 날아다녔어요. 달링 부인은 그 불빛을 보고 잠에서 깼어요. 깜짝 놀라긴 했지만 달링 부인은 방에 들어온 소년이 피터라는 것을 한눈에 알아봤어요.

그런데 피터가 창문으로 나가려고 할 때 나나가 달려들어 피터의 그림자를 물었어요. 달링 부인은 기회를 봐서 달링 씨에게 말하기로 생각하고 그림자를 서랍에 잘 넣어 두었어요.

어느 날 달링 부부는 저녁 식사에 초대를 받았어요. 하얀 드레스를 입은 달링 부인이 아이들 방에 들어왔을 때, 웬디와 존은 엄마, 아빠 놀이를 하고 있었어요. 웬디와 존은 아이들이 태어난 날을 흉내 냈어요. 웬디는 달링 부인이 그랬던 것처럼 기뻐서 춤을 추었어요. 마이클은 어서 자기도 태어나게 해 달라고 했지요. 하지만 존이 거절했어요.

"우리는 아이를 더는 원하지 않는걸?"

이 말을 들은 마이클은 울음을 터뜨렸어요. 그러나 달링 부인이 마이클에게 다가가 말했어요.

"난 아이를 원해요. 난 셋째 아이가 정말 갖고 싶어요."

마이클이 웃으며 엄마 품에 안겼을 때, 달링 씨가 아이들 방으로 들어왔어요. 그때 나나가 달링 씨 옆을 지나가며 새 바지에 털을 묻히는 바람에 달링 씨가 버럭 화를 냈어요.

"역시 개를 보모로 두는 게 아니었어."

나나는 아랑곳하지 않고 마이클에게 약을 먹이려고 애를 쓰고 있었어요. 마이클이 약 먹기를 싫어하자, 달링 씨가 마이클을 꾸짖었어요.

"마이클, 아빠가 너만 했을 때는 얌전하게 약을 먹었어."

"아빠가 가끔 먹는 약 알지? 그 약은 엄청 쓰단다. 약병을 잃어버리지만 않았어도 얼마나 잘 먹는지 보여 줬을 텐데."

그러자 웬디가 얼른 아빠의 약을 가져왔어요. 사실 그 약은 너무 써서 달링 씨가 몰래 감춰 둔 것이었지요.

"둘이 동시에 약을 먹으면 어때요?"

웬디의 말에 마이클과 달링 씨는 동시에 약을 먹기로 했어요. 하지만 마이클만 약을 먹고 달링 씨는 약을 몰래 나나의 밥그릇에 부었어요.

나나는 밥그릇에 든 약이 우유인 줄 알고 다 먹다가 쓰디쓴 맛에 눈물을 그렁거렸어요. 그리고 원망하듯 달링 씨를 바라보다가 자기 집으로 쏙 들어가 버렸어요.

"불쌍한 나나."

세 아이와 달링 부인은 나나를 달래 주었어요. 가족들이 나나만 좋아한다고 여긴 달링 씨는 나나를 밖으로 끌어내서 마당에 묶어 놓았답니다.


## 피터 팬과 웬디


아이들은 모두 잠이 들었어요. 눈을 뜨고 있는 건 마당에 있는 나나뿐이었어요.

그때 캄캄한 방에 작은 불빛이 하나 나타났어요. 그 불빛은 피터의 그림자를 찾으러 온 요정 팅커 벨이었어요. 곧이어 피터가 작은 목소리로 팅커 벨을 불렀어요.

"팅크! 팅크! 너 어딨니? 내 그림자 찾았니?"

피터가 묻자 작은 방울이 딸랑거리는 소리가 났어요. 이건 요정들의 말이었어요. 평범한 아이들에게는 딸랑거리는 소리로 들리지만 피터는 알아들었어요.

"큰 상자 안?"

피터가 팅커 벨이 가리키는 서랍을 뒤지자 그림자가 있었어요. 피터는 그림자를 꺼내서 얼른 몸에 붙이려고 했지요. 그런데 그림자가 피터의 몸에 잘 붙지 않았어요.

피터는 비누를 가져와 발에 문질러 보았지만 그림자는 여전히 달라붙지 않았어요. 피터는 속이 상해서 울음을 터뜨렸어요. 그 소리에 웬디가 잠을 깼어요.

"얘, 너 왜 울고 있니?"

웬디가 피터에게 친절하게 물었어요. 웬디를 본 피터는 예의 바르게 인사를 하며 물었어요.

"넌 이름이 뭐니?"

"웬디 모이라 안젤라 달링. 네 이름은 뭔데?"

웬디가 예의 바르게 인사하며 물었어요.

"피터 팬."

"피터, 여기서 뭐하고 있는 거니?"

"그림자가 아무리 해도 붙지 않아."

피터가 슬픈 표정으로 말했어요. 웬디는 바닥에 구겨져 있는 그림자를 보았어요.

"피터, 내가 그림자를 꿰매 줄게. 좀 아플지도 몰라."

웬디가 그림자를 꿰매는 동안 피터는 이를 악물고 아픈 것을 참았어요. 그림자는 조금 구겨졌지만 잘 꿰매졌는지 예전처럼 피

터를 따라 움직였어요. 피터는 신이 났어요.

　"남자애 스무 명보다 여자애 한 명이 훨씬 낫구나."

　피터의 칭찬에 덩달아 기분이 좋아진 웬디가 피터 옆에 앉으며 말했어요.

　"피터, 네가 좋다면 뽀뽀를 해 줄게."

　피터는 이 말을 듣고 얼른 손을 내밀었어요.

"설마 너 뽀뽀가 뭔지 모르는 건 아니지?"

"네가 그걸 줘야 알지!"

웬디는 피터가 난처할까 봐 피터에게 골무를 주었어요.

"그럼 이제 내가 너에게 뽀뽀를 줄까?"

웬디는 부끄러워하며 얼굴을 내밀었지만 피터가 준 건 도토리 단추였어요. 웬디는 웃으며 도토리 단추를 목걸이로 만들어 걸었어요.

"피터, 넌 몇 살이야?"

"몰라. 하지만 꽤 어릴걸. 난 태어나자마자 도망쳤어. 아빠, 엄마가 내가 어른이 되면 어떤 사람이 될지 얘기하고 있었거든. 난 어른이 되기 싫어서 도망쳤고, 요정들과 함께 살게 되었지."

웬디는 피터가 요정들을 안다는 것이 대단해 보였어요. 그래서 요정에 대해 물었지요.

"요정은 좀 성가시지만 아주 싫지는 않아. 아기가 태어나서 처음으로 웃으면 그 웃음이 천 개로 부서져서 굴러다니는데, 그게 바로 요정이야. 하지만 요즘 아이들은 너무 아는 게 많아서 요정을 잊고 살잖아. 아이들이 '난 요정을 믿지 않아.' 하고 말할 때마다 어딘가에서 요정이 한 명씩 죽어. 아, 그런데 왜 팅크가 안 보이지? 팅크! 도대체 어디 있는 거야?"

팅크가 나타나자 웬디가 탄성을 질렀어요.

"아, 예뻐라!"

"팅크, 웬디가 너를 요정으로 삼고 싶대."

피터의 말에 팅크는 화를 냈어요.

"팅커 벨이 뭐라고 하니?"

"너보고 덩치만 크고 못생겼대. 그리고 자기는 내 요정이래."

웬디는 피터에게 궁금한 게 많았어요.

"너는 어디에 사니?"

"네버랜드. 나는 보모가 한눈을 팔 때 유모차에서 떨어진 아이들이랑 살아. 대장은 나야. 우리는 늘 재밌게 놀지만 조금 외롭기도 해. 여자 친구들이 없거든."

"여자애들이 없어?"

"여자애들은 영리해서 유모차에서 안 떨어지잖아. 웬디, 나랑 같이 가서 아이들에게 이야기를 들려줘."

"나는 날 줄도 모르는걸."

"내가 가르쳐 줄게."

피터는 계속 웬디를 설득했어요.

"웬디, 네버랜드에는 인어도 있어. 밤에는 웬디 네가 엄마처럼 우리를 재워 줘야 해."

"아! 정말 신 나겠다."

웬디는 당장 침대로 달려가서 동생들을 깨웠어요.

"존! 마이클! 피터 팬이 왔어. 피터가 하늘을 나는 법을 가르쳐 준대."

잠을 깬 존과 마이클은 피터를 보고 신이 났어요.

"와! 피터 팬이 오다니! 피터, 정말 우리도 날 수 있어?"

"팅크, 이리 와!"

피터는 팅크를 잡고 요정 가루를 아이들에게 뿌렸어요. 요정 가루가 있으면 하늘을 날 수 있거든요.

"자, 이제 어깨를 조금씩 움직여 봐."

피터의 말대로 어깨를 움직이자 몸이 붕 떠올랐어요. 아이들은 피터를 따라 방 안을 이리저리 날아다녔어요. 아이들의 모습을 본 나나는 줄을 끊고 달링 부부에게 달려갔어요. 뭔가 심상치 않은 일이 일어났다는 사실을 깨달은 달링 부부가 집에 도착했을 때는 방 안에 아무도 없었어요!

# 네버랜드를 향해

네버랜드로 가는 길은 멀었어요. 처음에는 무작정 신이 났지만 아이들은 점점 불안해지기 시작했어요. 하늘을 나는 동안 어둡기도 하고, 밝기도 하고, 춥기도 하고, 따뜻해지기도 했어요. 배가 고프고 졸리기도 했어요. 졸다가 아래로 곤두박질칠 뻔한 적도 있었어요. 그러자 피터는 바람 위에 누운 채로 자는 법을 가르쳐 주었어요.

이렇게 여러 밤을 날아서 드디어 네버랜드에 도착했어요.

"다 왔어. 저기야. 화살들이 가리키고 있는 곳."

피터가 말했어요. 아이들이 보니 정말로 엄청 많은 화살들이 네버랜드를 가리키고 있었어요.

그때였어요. 난데없이 섬에서 대포알이 날아왔어요.

"해적이야! 해적들은 내가 돌아온 게 싫은 거야."

"해적이 있어?"

피터는 아이들에게 후크 선장 이야기를 해 주었어요.

"오른손이 없는 잔인한 해적 제임스 후크가 두목이야. 시계를 찬 오른손은 내가 악어에게 줬어. 그래서 후크는 시계 소리가 나

는 악어만 보면 도망다니지. 지금은 해적들이 팅크의 불빛을 알아보고 대포를 쏘는 것 같아.”

“그럼 팅크한테 불빛을 끄라고 해!”

웬디가 외쳤어요.

“팅크는 불빛을 끌 수 없어. 불빛을 끄려면 잠들어야 하는데, 팅크는 억지로 잘 수도 없어. 요정들은 그래.”

그때 피터에게 좋은 생각이 떠올랐어요.

“팅크를 모자에 넣자!”

팅크가 존이 쓰고 온 모자 속에 들어가자 불빛이 사라졌어요. 하지만 또다시 해적들이 대포를 쏘기 시작했어요. 그 바람에 모두 뿔뿔이 흩어지고 말았어요. 피터는 바다 쪽으로 날아가고, 존과 마이클은 어둠 속에 둘만 남았어요. 웬디는 팅커 벨과 같이 위쪽으로 날고 있었어요. 팅커 벨은 웬디와 둘만 남게 되자 불쑥 못된 짓을 하고 싶었어요. 착할 때도 많지만 가끔씩 고약한 심술을 부리는 요정이었으니까요.

한편, 피터가 없는 동안 네버랜드는 무척 따분했어요. 그래서 소년들은 자기들끼리 모험을 하고 돌아왔어요. 맨 앞에 있는 소년은 늘 운이 없는 투틀즈였어요. 재미있는 일은 꼭 투틀즈가 없을 때만 일어나기 때문이에요. 두 번째 소년은 명랑한 닙스, 그 다음은 잘난 척하는 슬라이틀리였어요. 네 번째는 장난꾸러기 컬리였고, 맨 끝은 쌍둥이인데, 너무 똑같아서 누가 누군지 알 수 없지요. 소년들이 쉬는 동안 망을 보러 갔던 닙스가 돌아와 말했어요.

"커다란 흰 새가 이쪽으로 오고 있어."

"어떤 새인데?"

소년들이 물었어요. 그때 팅커 벨이 나타나 말했어요.

"웬디 새야. 피터가 웬디 새를 보면 쏘라고 했어."

팅커 벨은 소년들을 부추겼어요. 소년들은 활을 가지러 우르르 집안으로 들어갔어요. 이미 활을 들고 있던 투틀즈만 빼고 말이지요.

"피터가 기뻐하겠지?"

항상 운이 나빴던 투틀즈는 신이 났어요.

"피용!"

소년들이 활을 가지고 나왔을 때는 투틀즈가 이미 웬디를 쏜 다음이었어요. 웬디는 가슴에 화살을 맞고 땅으로 떨어졌어요.

# 땅속 집

"꼬끼오!"

이 소리와 함께 피터가 돌아왔어요.

"내가 너희를 위해 엄마를 데려왔어. 아직 도착하지 않았니?"

"그보다 피터, 여길 봐."

투틀즈는 피터에게 뻐기고 싶어서 웬디부터 보여 주었어요. 피터는 쓰러진 웬디를 보고 깜짝 놀랐어요.

"웬디가 죽은 거야? 엄마를 쏜 거야? 누구 화살이지?"

피터는 웬디의 가슴에 박힌 화살을 보고 버럭 화를 냈어요.

그러자 투틀즈가 주뼛주뼛 앞으로 나서며 말했어요.

"내 거야. 피터, 나를 찔러!"

피터는 정말 그러려고 했어요. 그때 누군가 소리쳤어요.

"웬디가 살아 있어!"

다행히 화살이 피터가 준 도토리 단추에 꽂혔던 거예요.

"이건 내가 웬디에게 준 뽀뽀야. 이게 웬디를 구했어."

피터가 도토리 단추에 박힌 화살을 뽑자 소년들은 팅커 벨이 한 짓을 피터에게 말했어요. 피터는 불같이 화를 냈지요.

"팅커 벨, 잘 들어. 난 이제 네 친구가 아냐! 영원히 사라져!"

팅커 벨은 피터의 어깨에 앉아서 잘못했다고 싹싹 빌었지만 피터는 어깨를 털려고 했어요. 하지만 정신을 차린 웬디가 피터를 말렸어요. 그제야 피터는 화를 누그러뜨리고 말했어요.

"좋아, 그럼 일주일 동안이야."

잠시 뒤 기운을 차린 웬디가 자리에서 일어났어요.

"우리는 당신의 아이들이에요. 우리 엄마가 되어 주세요."

소년들의 말을 듣자 웬디는 기분이 좋았어요.

"정말? 난 아직 어린 여자애인데도?"

"상관없어. 우린 엄마 같은 다정한 사람이 필요해."

피터가 웬디에게 말했어요. 그렇게 해서 웬디는 소년들과 함께 땅속 집으로 내려갔어요.

다음 날 피터는 웬디와 존과 마이클의 몸을 쟀어요. 땅속 집에 들어가는 통로를 만들기 위해서였어요. 각자의 몸에 꼭 맞는 통로여야 땅속 집에 드나들 수 있으니까요. 피터는 아이들 몸에 맞는 통로를 하나씩 만들어 주었어요.

웬디는 땅속 집에서 빨래도 하고, 바느질도 했어요. 냄비가 끓는지도 살폈지요. 그 안에 진짜 음식이 있는지 가짜 음식이 있는

지는 확실히 몰랐어요.

그건 피터의 기분에 달려 있었어요. 피터는 소년들의 몸이 통로에 딱 맞을 만큼만 음식을 먹을 수 있게 했어요. 뚱뚱해지면 통로로 드나들 수 없으니까요.

웬디는 가끔 엄마와 아빠가 생각났어요. 하지만 크게 불안하지는 않았어요. 엄마와 아빠가 언제나 창문을 열어 놓고 기다릴 거라고 생각했기 때문이지요.

가끔 존과 마이클이 엄마, 아빠를 잊을까 봐 불안해지면 엄마와 아빠에 대한 문제를 냈어요.

"엄마의 눈동자 색깔은 무엇이었을까?"

"엄마와 아빠 중에 누구 키가 더 컸을까?"

"개집에 사는 개는 어떻게 생겼었나?"

문제는 평범한 내용이었고, 답을 하지 못하면 X를 했어요. 웬디는 존과 마이클의 X표를 세는 일이 정말 무서웠어요. 더 무서운 건 웬디도 존이나 마이클처럼 옛날 일을 점점 잊어 가고 있다는 사실이었어요.

## 후크 선장

아이들은 인어의 호수에서 수영을 하고 노는 걸 좋아했어요. 점심을 먹고 나면 웬디는 소년들에게 '유배자의 바위' 위에서 삼십 분 동안 쉬게 했어요. 설령 가짜 점심을 먹었다고 해도요.

어느 날 웬디는 소년들을 바라보다 갑자기 불길한 느낌이 들었어요. 하지만 소년들을 깨우지는 못했어요. 점심을 먹고 나면 삼십 분 동안 쉬는 게 규칙이니까요. 하지만 피터가 위험을 느끼고 소년들을 깨웠어요.

"해적이다! 물로 뛰어들어!"

소년들이 물속에 뛰어든 뒤, 작은 배 한 척이 다가왔어요. 배에는 스미와 스타키, 그리고 인디언 타이거 릴리가 타고 있었어요. 인디언 타이거 릴리는 해적선에 침입하려다가 해적들에게 붙잡히고 말았어요.

"이 바위에 인디언을 묶어 놓고 밀물 때 빠져 죽게 내버려 두면 돼."

스미와 스타키는 타이거 릴리를 바위에 묶었어요.

'해적들이 또 고약한 짓을 하는군.'

물속에 숨어 있던 피터는 타이거 릴리를 구하기로 마음먹고, 후크 선장의 목소리를 흉내 냈어요.

"어이, 풋내기들! 뭘 하고 있나?"

피터의 감쪽같은 흉내에 해적들은 깜짝 놀라서 말했어요.

"선장님! 지금 인디언을 바위에 묶으려고요!"

"타이거 릴리를 풀어 줘."

"네? 풀어 주라고요?"

"그래, 어서 놓아줘. 당장 시키는 대로 하라고!"

피터는 스미와 스타키에게 소리쳤어요. 스미와 스타키는 후크 선장이 당장이라도 나타나 갈고리를 휘두를까 봐 얼른 타이거 릴리를 풀어 주었어요.

그때 물속에서 진짜 후크의 목소리가 들려왔어요.

"어이!"

후크가 헤엄쳐서 배까지 온 것이었어요. 후크가 한숨을 크게 내쉰 뒤 말했어요.

"이봐, 녀석들에게 엄마가 생겼어. 땅속 집에서 엄마가 녀석들을 돌봐 준다는군."

"그러면 녀석들의 엄마를 잡아서 우리 엄마로 삼을까요?"

"그거 좋은 생각이군! 그런데 인디언 타이거 릴리는 어디 갔나?"

"시키시는 대로 풀어 줬어요."

스미가 스스로 만족해하며 말했어요.

"인디언을 풀어 줘?"

"선장님이 시키셨잖아요."

"난 그런 적 없어! 도대체 누가 내 흉내를 낸 거지?"

후크는 화가 나서 소리를 질렀어요.

"호수의 망령이여, 들리나?"

망령은 없었어요. 대신 피터가 대답했어요.

"들리지, 들리고말고!"

"너는 누구냐?"

"나는 제임스 후크다."

피터는 자기가 후크라고 대답했어요. 후크는 화를 냈어요.

"이런 못된 놈을 봤나? 네가 후크라면 나는 누구냐?"

"넌 생선 대가리야."

"생선 대가리라니!"

후크는 자기를 놀리는 말에 화가 나서 방방 뛰었어요.

"도대체 넌 누구냐? 어서 정체를 밝혀!"

"나는 피터 팬이다!"

피터는 이렇게 외치며 훌쩍 날아올라 후크를 공격했어요. 소년들도 스미와 스타키에게 일제히 달려들어 공격했어요.

후크와 한참 싸우다 보니 피터는 자기가 더 높은 곳에 있다는 것을 알았어요. 그래서 후크에게 올라오라고 손을 내밀었지요. 그런데 후크가 비겁하게 피터의 손을 깨물었어요. 피터는 매우 당황했어요. 이런 비겁한 대접을 받은 적이 없었기 때문이지요.

그 틈에 후크는 당황한 피터에게 갈고리를 휘둘렀어요. 하지만 그 순간 '재깍재깍' 시계 소리가 들리자 겁에 질려서 후다닥 도망을 갔어요.

해적들이 도망간 뒤 소년들은 피터와 웬디가 사라진 걸 알았어요. 주위를 샅샅이 뒤졌지만 도무지 피터와 웬디를 찾을 수 없었지요. 소년들은 집으로 먼저 돌아가기로 했어요. 피터를 믿었으니까요.

소년들이 집으로 돌아가고 난 뒤, 물 위로 피터와 웬디가 얼굴을 내밀었어요. 피터는 온 힘을 다해 웬디를 바위 위로 끌어올렸어요.

"웬디, 조금 있으면 물이 차오를 거야. 내 도움 없이도 혼자 날 수 있겠지? 난 후크 때문에 다쳐서 지금 날 수도 없고 헤엄도 못 쳐."

피터의 말대로 물이 점점 차올랐어요. 그때 며칠 전에 마이클이 만든 연이 물 위에 둥둥 떠 있는 게 보였어요.

"웬디, 저걸 타고 돌아가."

"너도 가자!"

"두 명은 못 타."

피터는 웬디의 몸을 연 꼬리에 묶고, 웬디를 바위에서 하늘 쪽으로 밀어올렸어요. 그러자 웬디가 연과 함께 하늘로 둥실 날아올랐어요.

웬디가 가고 난 뒤 피터는 바위 위에 혼자 남았어요. 바닷물이 점점 차올라서 발목까지 잠겼지요. 그때 네버 새의 둥지가 떠내려왔어요. 네버 새가 피터를 구하러 온 것이었어요.

네버 새는 바위 쪽으로 둥지를 밀어 주고는 훌쩍 날아올랐어요. 피터는 네버 새에게 고맙다는 인사로 손을 흔들어 주고 둥지에 올라탔어요. 둥지 안에 있던 알은 바위 위 장대 위에 있던 스타키의 모자에 넣어 물 위에 띄웠지요.

피터가 타이거 릴리를 구해 준 뒤, 소년들과 인디언들은 같은 편이 되었어요. 인디언들은 땅 위에서 피터의 땅속 집을 밤새 지켰어요.

땅속 집에서는 웬디가 소년들에게 이야기를 들려주었어요.

"옛날에 신사와 숙녀가 있었어. 신사의 이름은 달링 씨고, 숙녀의 이름은 달링 부인이었지. 두 사람은 결혼을 했고, 그다음에 무엇을 갖게 되었을까?"

"흰 쥐!"

웬디의 질문에 닙스가 소리쳤어요.

"아니야, 두 사람은 세 명의 자식이 있었어. 아이들에게는 나나라는 보모가 있었지. 그런데 어느 날 달링 씨가 화가 나서 나나를 마당에다 묶어 버렸단다. 그래서 세 아이들이 모두 날아가 버렸어. 길을 잃어버린 소년들이 있는 네버랜드로 말이야. 아이들은 엄마가 항상 창문을 열어 둔다는 걸 알았어. 그래서 네버랜드에서 오랫동안 즐겁게 지냈어. 음, 이제 미래로 가 보자. 한참 세월이 지났어. 런던 역에 우아한 숙녀가 된 웬디가 내리고 있어. 숙녀 옆에는 늠름한 남자가 된 존과 마이클이 있지. '저기 봐, 창문이 아직 열려 있어. 엄마가 우릴 기다리고 있어.' 엄마를 믿은 세 아이들은 그렇게 집으로 다시 돌아갔단다."

이야기가 끝나자 아이들은 모두 탄성을 질렀어요. 피터만 빼고요.

"아니야, 웬디. 엄마에 대한 네 생각은 틀렸어. 나도 우리 엄마가 나를 위해 창문을 열어 놓을 거라고 생각했었지. 하지만 내가 집에 돌아갔을 때 창문은 닫혀 있었어. 내 침대에는 다른 남자애가 자고 있었고."

피터의 이야기를 들은 소년들은 겁이 났어요.

"피터, 엄마들이 정말 그래?"

"응."

그 말에 존과 마이클이 웬디의 손을 잡고 말했어요.

"누나, 집에 가자."

웬디는 존과 마이클을 안아 주며 그러자고 했어요.

"오늘 가는 건 아니지?"

소년들이 어리둥절해서 물었어요.

"지금 당장 갈래. 가자. 피터, 우리는 떠나야겠어."

"그래, 원한다면. 인디언들이 숲에서 길을 알려 줄 거야. 바다에서는 팅커 벨이 안내해 줄 거고."

피터는 아무렇지 않은 것처럼 말했지만 마음이 아팠어요.

"고마워, 피터."

웬디는 존과 마이클을 데리고 떠날 채비를 한 뒤 소년들의 손을 잡고 말했어요.

"우리 부모님께 너희를 입양해 달라고 말씀 드려 볼게. 너희가 함께 가고 싶다면."

웬디의 말에 소년들은 좋아서 펄쩍펄쩍 뛰었어요.

"피터, 우리도 웬디를 따라가도 돼?"

"그래, 마음대로 해."

피터가 허락하자 소년들은 우르르 짐을 챙기러 달려갔어요.

"피터, 너도 같이 가자."

"싫어."

피터는 이렇게 말하고 아무렇지 않은 것처럼 피리를 불고 다녔어요.

"피터, 안녕."

아이들이 인사를 건네고 밖으로 나가려고 할 때였어요. 해적들과 인디언들이 싸우는 소리가 들려왔어요. 웬디는 깜짝 놀라 주저앉았고, 소년들은 모두 피터를 바라보았어요. 피터는 단검을

손에 쥐고 바깥에 귀를 기울였어요.


## 납치된 아이들


한참 뒤 인디언들의 북소리가 들렸어요. 인디언들이 싸움에서 이겼을 때 치는 소리였어요.

"와! 인디언들이 해적들을 물리쳤어!"

소년들은 안심하고 밖으로 나갔어요. 그런데 땅 위로 얼굴을 내민 소년들을 기다리고 있는 것은 인디언들이 아니라 해적들이었어요. 싸움에서 이긴 해적들이 소년들을 속이려고 인디언들에게 북을 빼앗아 친 것이었어요. 결국 아이들은 모두 해적선으로 붙잡혀 가고 말았어요.

해적들이 아이들을 납치해 모두 떠난 뒤에도 후크는 숲에 남아 있었어요. 후크가 꼭 잡고 싶었던 소년이 아직 땅속 집에 있었으니까요.

후크는 뚱뚱한 슬라이틀리가 드나드는 가장 큰 통로를 통해 땅속 집으로 들어갔어요.

피터는 곤하게 잠들어 있었어요. 아이들이 잡혀간 것은 꿈에도 모르고 말이지요. 후크는 자고 있는 피터를 한참 내려다보았어요. 그러다 피터의 머리맡에 있는 약병에 독약을 살짝 떨어뜨리고는 아주 흐뭇한 얼굴로 돌아갔답니다.

피터는 팅커 벨이 찾아와 시끄럽게 떠들어 대는 소리에 잠이 깼어요.

"피터! 큰일 났어! 아이들과 웬디가 해적들에게 잡혀갔어."

아이들이 잡혀갔다는 말에 피터는 화가 머리끝까지 났어요.

"웬디와 아이들을 구하러 갈 거야!"

피터는 집을 나서기 전에 약을 먹어야겠다고 생각했어요. 웬디가 기뻐할 만한 일을 하고 싶었거든요.

"안 돼! 후크가 독을 넣었어!"

피터가 약병을 집어들자 팅커 벨이 다급하게 소리쳤어요. 후크가 배로 돌아가면서 독약에 대해 중얼거리는 소리를 들었기 때문이었지요.

"팅크, 말도 안 돼. 후크는 어른인데 어떻게 여길 들어와?"

팅커 벨은 후크가 어떻게 집에 들어왔는지 몰라 대답을 할 수 없었어요. 하지만 독을 넣었다는 건 확실했어요.

피터는 팅커 벨이 장난을 친다고 여기고 그냥 약을 먹으려 했
어요. 하지만 피터는 약을 먹지 못했어요. 팅커 벨이 날아가서 피
터의 약을 먹어 버렸기 때문이지요.

"팅크! 왜 내 약을 먹는 거야?"

"이 약에는 독이 들어 있어."

팅커 벨은 비틀거리며 날았어요. 불빛도 점점 흐려졌어요. 불빛이 사라지면 팅커 벨은 세상에서 없어지는 거예요. 팅커 벨은 아주 작은 목소리로 말했어요.

"걱정 마, 피터. 아이들이 요정을 믿는다고 말하면 나는 다시 살 수 있어."

아이들이 모두 해적에게 끌려갔는데 어떻게 하면 좋을까요? 하지만 피터는 네버랜드를 꿈꾸고 있는 모든 아이들과 이야기를 나눌 수 있었어요. 피터는 꿈속을 여행하고 있는 모든 아이들에게 물었어요.

"너희는 요정을 믿니? 믿는다면 손뼉을 쳐 주렴."

그러자 많은 아이들이 손뼉을 쳤어요. 손뼉을 치지 않은 아이들도 더러 있었어요. 하지만 요정을 믿는 많은 아이들 덕에 팅커 벨은 다시 살아났어요.

한편, 후크 선장은 피터가 약을 먹고 죽었을 거라고 생각했어요. 이제 네버랜드에 자신을 괴롭히는 건방진 소년이 없어졌다고 믿었지요. 이제 잡아 온 아이들을 처리할 차례였어요.

"녀석들을 끌고 와!"

아이들이 끌려오자 후크는 웃으며 아이들을 둘러보았어요.

"자, 여기 좀 봐. 너희는 오늘 배 바깥으로 놓은 널빤지 위를 걷게 될 거다. 바다에 빠질 거라는 말이지. 하지만 선원 두 명의 자리가 비는데 지원할 사람 있나?"

투틀즈는 후크를 화나게 하지 말라는 웬디의 말이 생각나서 공손하게 말했어요.

"선장님도 알겠지만 우리 엄마는 내가 해적이 되는 걸 바라지 않을 거예요. 너희 엄마는 어떠시니, 슬라이틀리?"

"아마 싫어하시겠지. 너희 엄마는 어떠시니, 쌍둥이야?"

"싫어하실걸. 닙스, 너희 엄마는⋯⋯."

"조용히 해!"

아이들이 해적이 되기 싫다는 말을 늘어놓자 후크가 참지 못하고 화를 냈어요. 그러더니 존을 칭찬하며 말했어요.

"너! 넌 좀 배짱이 있어 보인다. 해적이 되고 싶지 않나?"

존은 후크가 자신을 칭찬한 것에 감동했어요.

"제 이름이 '피투성이 손 잭'이면 좋겠다는 생각은 해 봤죠."

"좋은 이름이군. 네가 해적이 되면 그렇게 불러 주지."

"선장님, 해적이 되어도 우리는 영국 왕의 신하죠?"

"아니지. 해적이 되려면 '왕은 물러가라!'라고 맹세해야 해."

"그렇다면 해적이 되지 않을 거예요!"

존이 용감하게 말하자 다른 아이들도 소리쳤어요.

"나도 해적 안 해요!"

후크와 해적들은 몹시 화가 나서 아이들의 입을 막았어요.

"널빤지를 준비하고 이놈들 엄마를 데려와!"

널빤지를 가져오자 아이들은 겁이 났지만 웬디가 나오자 용감하게 보이려고 애썼어요. 후크는 웬디에게 인심 쓰듯 말했어요.

"엄마로서 아이들에게 마지막 말을 할 기회를 주지."

"사랑하는 아이들아. 너희들의 진짜 엄마라면 이런 말씀을 하셨을 거야. '아들들이여, 신사답게 죽음을 맞이해라.'"

웬디의 말에 해적들은 감동받았고, 아이들은 용기를 냈어요.

"당장 저 계집애부터 돛대에 묶어!"

아이들이 겁을 내지 않자 후크는 화를 내며 웬디에게 한 발짝 다가갔어요. 그때 어디선가 째깍째깍 시계 소리가 들려왔어요. 배 위에 있던 모두가 이 소리를 듣고 후크를 쳐다봤어요. 후크는 시계 소리를 듣자마자 쓰러질 것처럼 휘청거렸어요.

"나를 어서 숨겨!"

후크가 창백한 얼굴로 소리치자 해적들은 그제야 우르르 달려가 후크를 둘러쌌어요. 아이들은 악어를 보려고 뱃전으로 달려갔어요. 하지만 시계 소리를 낸 건 악어가 아니라 피터였어요.

## 후크 선장과 피터 팬의 대결

피터를 보고 아이들은 신이 나서 소리를 지를 뻔했어요. 하지만 후크가 눈치챌까 봐 한마디도 하지 않았지요. 그때 어디선가 째깍째깍 진짜 시계 소리가 들렸어요. 피터가 낸 시계 소리를 듣고 진짜 악어가 따라온 것이었지요.

그 틈에 피터는 해적들 몰래 선실로 들어갔어요.

잠시 뒤 시계 소리가 멈추자 후크는 아이들에게 괜히 심술을 부렸어요.

"채찍 맛을 보여 주지. 주크스! 채찍을 가져와! 선실에 있다."

주크스가 채찍을 가지러 선실로 뛰어갔어요. 그런데 선실에서 갑자기 비명 소리와 함께 '꼬끼오!' 소리가 들렸어요.

"이게 무슨 소리야? 가 봐!"

후크의 명령에 해적 세코가 선실로 뛰어갔어요. 세코는 얼굴이 하얗게 질려서 뛰쳐나왔어요.

"주크스가 칼에 찔려 죽었어요! 선실에 누군가가 있어요!"

"세코! 다시 들어가서 그놈을 데려와!"

후크는 겁먹은 세코를 억지로 선실에 보냈어요. 얼마 있지 않아 선실에서 또다시 비명 소리와 '꼬끼오' 소리가 들렸어요.

"이런 바보 같은 놈들! 내가 직접 저놈을 잡아 오지."

후크는 씩씩거리면서 선실로 들어갔어요. 하지만 후크는 등불까지 잃어버리고 금방 뛰어나왔어요.

"아이들을 선실로 보내야겠군. 그러면 되지!"

해적들은 들어가지 않으려고 발버둥치는 아이들을 선실로 밀어 넣고 문을 잠갔어요.

"무슨 소리가 나는지 들어 보자고!"

하지만 선실 안에서는 피터가 아이들을 풀어 주고 있었어요. 피터는 소년들에게 신호를 보낼 때까지 숨어 있으라고 한 뒤 웬디를 구하러 갔어요. 밖에 있는 해적들은 선실에서 아무 소리도 들리지 않자 아이들이 모두 죽었다고 생각했어요.

"배에 여자아이를 태운 게 잘못이지. 여자아이를 없애면 다

괜찮아질 거야. 여자아이를 데려와!"

후크가 명령을 내렸어요. 그러자 해적 멀린스가 돛대로 다가가 웬디를 놀렸어요.

"무섭지? 이제 널 구해 줄 사람은 아무도 없다."

"한 명 있어요."

"누구?"

"바로 나, 피터 팬이다!"

피터 팬이 훌쩍 날아오르면서 말했어요. 후크와 해적들은 너무 놀라 할 말을 잃었어요.

"저, 저놈을 잡아!"

후크의 명령에 해적들이 피터를 향해 우르르 달려들었어요.

"얘들아, 모두 나와서 해적들을 공격해!"

피터의 말에 선실에 있던 아이들이 우르르 달려 나왔어요. 해적들은 당황해서 아이들에게 쩔쩔맸어요.

피터와 후크의 싸움도 막상막하였어요. 한참을 싸우다 후크가 갈고리로 피터를 내리치려고 할 때 피터는 살짝 피하면서 후크의 갈비뼈를 찔렀어요. 그 바람에 후크는 놀라서 칼을 떨어뜨렸지요. 하지만 정정당당한 피터는 후크가 칼을 다시 집을 때까지 기다려 주었어요.

후크는 피터가 그냥 건방진 소년이 아니라는 점에 더 화가 났어요. 위기에 몰린 후크는 바다로 뛰어들려고 배 난간 위로 올라갔어요. 그 아래에 악어가 기다리고 있는 것은 꿈에도 모르고 말이지요. 피터와 눈이 마주쳤을 때, 후크는 피터에게 간절한 눈빛을 보냈어요. 못된 소년처럼 자신을 발로 걷어차 달라고 말이에요. 피터는 후크의 소원대로 발로 후크를 힘껏 걷어차 주었어요.

"못된 녀석!"

후크는 피터의 행동에 만족해하며 악어의 입 속으로 떨어졌어요. 그게 해적 제임스 후크의 마지막 모습이었지요.


## 집으로 돌아가다


다음 날 아침, 소년들이 배 위에서 바쁘게 움직였어요. 선장은 피터였어요. 피터는 선원들을 모아 놓고 맡은 임무를 열심히 하면 무사히 항해를 끝낼 수 있다고 연설했어요. 목적지는 웬디네 집이었어요.

한편, 아이들이 사라진 뒤 달링 씨는 모든 게 자기 잘못이라며 개집에서 지냈어요. 달링 부인은 창문을 활짝 열어 놓고 아이들을 기다렸어요. 나나는 계속 눈물만 흘렸고요.

"여보, 나를 위해 자장가 좀 연주해 주겠소?"

슬픔에 잠긴 달링 씨가 아내에게 부탁했어요. 달링 부인은 아이들의 놀이방으로 가서 피아노를 연주했어요.

그때 열린 창문으로 피터와 팅커 벨이 들어왔어요. 피터는 달링 부인이 슬픈 얼굴로 피아노를 치는 모습을 보고 마음이 아팠어요.

"정말 웬디를 그리워하는구나."

그때 웬디와 존과 마이클이 열린 창문을 통해 방으로 들어갔어요.

"형, 여기 개집이 있어!"

존과 마이클은 방 안에서 나나의 집을 발견했어요. 존과 마이클은 개집을 들여다봤어요. 하지만 개집에 있는 건 나나가 아니었어요.

"아빠가 있어!"

"엄마는 어디 있지? 우리가 돌아온 것도 모르고!"

그때 달링 부인의 피아노 소리가 들려왔어요.

"엄마다!"

"우리 엄마를 놀래 줄까? 침대에 누워서 엄마가 오실 때까지 기다리는 거야. 아무 데도 가지 않았던 것처럼!"

아이들이 침대에 눕자, 잠시 뒤 달링 부인이 아이들 방으로 건너왔어요. 하지만 달링 부인은 침대에 아이들이 있는 것을 보고도 놀라지 않았어요. 꿈에서도 이런 장면을 자주 봤거든요.

"엄마!"

아이들이 엄마를 부르며 달링 부인의 품에 뛰어들었어요. 달링 부인은 기쁘고 놀라서 달링 씨를 불렀어요.

"여보, 아이들이 돌아왔어요!"

잠시 뒤 길을 잃어버린 소년들도 달링 부부 앞에 섰어요. 아이들은 달링 부인을 간절한 눈빛으로 쳐다보았고, 달링 부인은 당장 아이들을 입양하겠다고 말했어요. 달링 씨는 당장 아이들을 위한 공간을 마련하겠다고 말했어요. 모두가 기뻐했지만 피터만은 예외였어요.

"웬디, 잘 있어."

"가려고?"

웬디는 서운했지만 피터는 서운한 티를 내지 않았어요.

"응, 나는 어른이 되는 대신 네버랜드에서 언제까지나 재밌고 신 나게 살 거야."

피터의 말에 웬디도 다시 마음이 흔들렸어요.

"웬디, 나랑 네버랜드로 돌아갈래?"

피터의 말에 달링 부인이 안 된다고 손사래를 쳤어요. 대신 일 년에 한 번씩 일주일 동안 웬디가 네버랜드에 가서 대청소를 해 주고 와도 된다고 말했어요. 피터는 기뻐했지만 웬디는 일 년 뒤는 너무 나중이라고 생각했어요. 피터는 기억력이 좋지 않으니까요.

"피터, 나를 잊지 마. 잊지 않을 거지?"

웬디는 피터에게 거듭 다짐을 받았어요.

피터가 네버랜드로 돌아간 뒤 소년들은 모두 학교에 다녔어요. 왜 네버랜드를 떠났을까 후회한 적도 있었고, 시간이 자꾸 흐르면서 나는 법도 잊었어요. 날 수 있다는 사실도 잊었어요.

마이클은 자기가 날 수 있다는 사실을 가장 오래 믿었어요. 그래서 피터가 웬디를 처음 데리러 왔을 때 웬디와 함께 네버랜드에 갔어요. 웬디는 자기가 많이 자랐다는 걸 피터가 알아챌까 봐 마음을 졸였어요. 예전에 한 모험들을 함께 얘기하고 싶었지만 피터는 새로운 모험을 하느라 웬디와 했던 모험은 모두 잊었어요.

"후크? 그게 누군데?"

"네가 후크 선장을 죽이고 우리를 구해 줬잖아."

"웬디, 난 누굴 죽이면 곧바로 다 잊는걸."

심지어 피터는 팅커 벨조차 기억하지 못했어요. 다음 해에는 웬디를 데리러 오지도 않았어요. 그다음 해에야 온 피터는 자기가 한 해를 빼먹은 사실도 몰랐어요. 피터와 웬디는 그 후 아주 오랫동안 만나지 못했어요. 한참 후에 피터가 웬디를 데리러 왔을 때 웬디는 결혼해서 아이를 둔 엄마가 되어 있었어요.

어느 날, 창문이 열리더니 피터가 찾아왔어요. 피터는 웬디가 없어서 울음을 터뜨렸어요. 이 소리에 침대에서 자고 있던 제인이 깼어요.

"얘, 너 왜 울고 있니?"

피터는 울음을 그치고 제인에게 인사를 했어요.

"안녕, 나는 피터 팬이야. 나는 웬디랑 함께 네버랜드에 가려고 왔어."

“아, 네가 피터 팬이구나. 나는 널 기다렸어.”

잠시 뒤, 웬디가 잠든 제인을 보러 왔을 때 피터와 제인은 나는 연습을 하고 있었어요.

“안녕, 웬디. 이제 우리 엄마는 제인이야.”

“엄마, 피터에게는 엄마가 필요해요.”

피터와 제인은 웬디에게 인사를 하고 창밖으로 날아가 버렸어요. 붙잡으려고 했지만 잡을 수 없었지요.

“대청소만 하고 돌아올게요!”

웬디는 피터와 제인을 보내 줄 수밖에 없었지요.

피터는 그 뒤로는 계속 엄마를 찾으러 왔어요. 시간이 흘러 제인이 어른이 되었을 때 피터는 제인의 딸 마거릿을 네버랜드로 데려갔어요. 마거릿은 피터와 함께 네버랜드 하늘을 날고, 밤에는 피터에게 이야기를 들려주었어요. 마거릿이 어른이 되면 어떻게 되냐고요? 피터는 걱정하지 않아요. 마거릿에게도 딸이 생길 테니까요.

**부록**

# 독후 활동

- 내용 확인하기

- 생각 나누기

- 신 나게 활동하기

- 생생 독후감

# 엄마와 함께하는 독후 활동

내용 확인하기

**1. 달링 씨는 왜 나나를 마당에 묶어 두었나요?**

**예시** 달링 씨가 자기의 쓴 약을 몰래 나나의 밥그릇에 부었는데, 그 일로 달링 부인과 아이들이 나나만 위로하고 자신을 달래 주지는 않아서 몹시 섭섭했기 때문이다.

**2. 달링 씨 부부가 집을 비운 날, 피터 팬은 왜 팅커 벨과 함께 달링 씨네 집을 찾아왔나요?**

**예시** 지난번에 찾아왔을 때 나나가 피터를 무는 바람에 몸에서 떨어진 그림자를 찾으러 왔다.

**3. 피터 팬과 웬디가 뽀뽀 대신 서로 주고받은 것은 무엇인가요?**

**예시** 웬디는 피터 팬에게 골무를 주었고, 피터 팬은 웬디에게 도토리 단추를 주었다.

**4.** 피터 팬은 팅커 벨과 같은 요정들이 어떻게 태어난다고 말해 주었나요?

**예시** 아기가 태어나서 처음으로 웃으면 그 웃음이 천 개로 부서져서 굴러다니는데, 그게 요정이 된다고 했다.

**5.** 피터는 어디에서 누구랑 살았나요?

**예시** 네버랜드에서 길을 잃어버린 아이들(유모차에서 떨어진 아이들)과 함께 살았다.

**6.** 웬디와 존과 마이클은 어떻게 날 수 있었나요?

**예시** 피터 팬이 팅커 벨을 잡은 뒤 요정 가루를 아이들에게 뿌려 주자 날 수 있게 됐다.

**7.** 네버랜드에 도착한 웬디는 화살에 맞았지만 천만다행히 목숨을 건 졌어요. 웬디는 어떻게 목숨을 건질 수 있었나요?

**예시** 피터 팬이 준 도토리 단추를 목걸이로 걸고 있었는데, 화살이 도토리 단추에 맞아 목숨을 구할 수 있었다.

**8.** 아이들이 사는 땅속 집에는 어떻게 드나들 수 있나요?

**예시** 각자 몸집에 꼭 맞는 통로를 만들어 땅속 집에 드나들 수 있다. 피터가 아이들의 몸집에 꼭 맞는 통로들을 각각 만들어 주었다.

**9.** 인어의 호수에서 피터 팬은 해적들에게 붙잡힌 인디언 타이거 릴리를 어떻게 구해 주었나요?

**예시** 해적들의 대장인 후크 선장의 목소리를 흉내 내어 타이거 릴리를 풀어 주라고 했다. 깜빡 속은 해적들은 타이거 릴리를 풀어 주었다.

**10.** 인어의 호수에서 웬디와 피터 팬은 어떻게 다시 땅속 집으로 돌아
올 수 있었나요?

`예시` 웬디는 마이클이 만든 커다란 연 꼬리에 몸을 묶은 뒤 하늘을 날아서 돌아왔다. 후크 선장과 싸우
다 다친 피터 팬은 물 위에 둥둥 떠내려온 네버 새의 둥지를 타고 집으로 돌아올 수 있었다.

**11.** 땅속 집에서 나간 아이들은 왜 해적들에게 모두 납치가 되었나요?

`예시` 해적들과 인디언들의 싸움에서 이긴 쪽은 해적들이었는데 해적들이 인디언들에게 빼앗은 북을 쳐
서 아이들을 속였기 때문이다.

**12.** 해적들에게 납치된 아이들을 구하러 가기 전, 피터 팬이 먹으려는
약을 팅커 벨이 빼앗아서 먹은 이유는 무엇인가요?

`예시` 피터 팬이 잠들어 있는 사이 땅속 집에 몰래 들어온 후크 선장이 피터 팬이 먹는 약에 독을 넣었
다. 하지만 독이 들어 있다는 팅커 벨의 말을 피터가 믿지 않았기 때문에 팅커 벨이 약을 빼앗아서 먹은
것이다.

1. 여러분도 피터처럼 어른이 되기 싫을 때가 있나요? 언제 그런 생각
   이 가장 많이 드는지 이야기해 보세요.

2. 어른이 되기 싫어하는 피터 팬과는 반대로 어른이 되면 어떤 점이
   좋을지 생각해 보세요.

**3.** 만약 여러분이 팅커 벨처럼 아주 작은 요정으로 변신할 수 있다면 무엇을 가장 하고 싶은지 생각해 보세요.

**4.** 후크 선장은 피터 팬과 싸울 때 항상 정정당당하지 못한 방법을 썼어요. 여러분 주변에 후크 선장과 같은 친구가 있다면 어떤 충고를 하고 싶은지 생각해 보세요.

**5.** 웬디와 다른 아이들이 어른이 되는 대신 피터 팬은 네버랜드에서 영원한 아이로 살아요. 여러분이 어른이 되어도 꼭 간직하고 싶은 어린 시절의 모습은 무엇인지 생각해 보세요.

● <피터 팬>을 읽고 어떤 점을 깨달았나요? 엄마와 함께 '다짐하기' 목록을 만들어 보세요.

나는 이제부터 이렇게 다짐합니다.

• <피터 팬>을 읽고 엄마만의 '다짐하기'도 해 보세요.

엄마는 ◯◯◯를 위해 이제부터 이렇게 다짐합니다.

● 피터 팬의 성격이나 외모, 행동 중 나와 비슷한 점, 다른 점을 찾아보
   세요.

| 구분 | 피터 | 나 |
|---|---|---|
| 비슷한 점 | | |
| 다른 점 | | |

● <피터 팬>을 재미있게 읽었나요? 오래오래 기억에 남을 수 있도록
독서 기록장을 정리해 보세요.


책 제목

지은이

읽은 날짜          년     월     일 ~     년     월     일

등장인물



줄거리




느낀 점

## 〈피터 팬〉을 읽고

피터 팬은 자신의 그림자를 찾으러 왔다가 웬디를 만나게 되었다. 웬디와 두 동생은 피터 팬을 따라 네버랜드에 가게 됐다.

네버랜드에서 웬디는 피터 팬과 다른 소년들의 엄마 역할을 했다.

피터 팬과 아이들은 네버랜드에서 즐겁게 지냈다. 그런데 피터 팬을 싫어하던 후크 선장에게 아이들이 납치를 당했다. 하지만 피터 팬이 후크 선장과 싸워서 이기고 후크 선장은 바다로 떨어져 악어에게 잡아먹혀서 죽었다.

어쩌면 후크 선장은 피터 팬이 부러워서 피터 팬을 싫어했던 것은 아닐까? 피터 팬과 아이들이 행복하게 웃고 즐겁게 지내는 모습을 보고 부러워서 그랬을 것이다. 내가 후크 선장이었다면 나는 순순히 항복하고 피터 팬에게 친구가 되자고 말했을 것이다. 친구도 없이 혼자 외롭게 지내는 것이 더 싫기 때문이다.

웬디와 동생들, 길을 잃은 아이들이 집으로 돌아가게 되었을 때 피터 팬은 네버랜드에서 자유롭게 지내겠다고 한다. 어른이 되면 일도 많아지고 책임도 많아져서 그랬을 거라고 생각한다. 〈피터 팬〉을 읽으면서 하늘을 날아다니며 네버랜드에서 모험도 하고 마음껏 노는 것이 제일 부러웠다. 엄마, 아빠와 떨어지는 것은 싫지만 일 년에 며칠쯤은 네버랜드에서 즐겁게 지내고 싶다.

경기도 용인시 새빛 초등학교 이수지